Nadine Buch

Rauschen der Vergangenheit

Über die Autorin

Nadine Buch, 1976 im rheinland-pfälzischen Idar-Oberstein geboren, entdeckte auf dem Weg zum Fachabitur ihre Liebe zum Schreiben. Bisher hat sie Kurzgeschichten bei verschiedenen Verlagen veröffentlicht, zwei Anthologie-Projekte als Mitherausgeberin unterstützt sowie an einem literarischen Adventskalender für Kinder als Co-Autorin mitgewirkt. Seit einigen Jahren ist sie Mitglied bei der Autorengruppe Nahe und wurde 2017 zu einer der Preisträgerinnen des Lotto-Kunstpreises gekürt. Sie ist in einer Tierarztpraxis angestellt und entwirft regelmäßig neue Ideen in unterschiedlichen Genres. Somit durfte sie auch kurzweiligen Lesestoff in einer E-Anthologie der Verlagsgruppe Droemer Knaur unterbringen. Inzwischen hat die Autorin eigene Werke im Selfpublishing veröffentlicht. Darunter eine Novelle und mehrere Kinder- und Jugendbücher. Ihr letztes Projekt war eine Anthologie zum Thema »Tierarztgeschichten«, die sie als Herausgeberin publiziert hat.

Nadine Buch

RAUSCHEN DER VERGANGENHEIT

Psychothriller

Impressum

© 2024 Nadine Buch
Wingertstr. 70
55743 Fischbach
Website: *www.nadine-buch.de*

Cover: Dream Design – Cover and Art
Satz & Layout: Stefanie Scheurich

Die Geschichten sind bereits bei Droemer Knaur erschienen.

Herstellung und Verlag: BoD - Books on Demand, Norderstedt
ISBN: 978-3-7583-6406-8

INHALT

Vorwort

»Du findest ein fremdes Handy mit Bildern von dir darauf, und du hast ein dunkles Geheimnis …«

Das waren die groben Parameter, unter denen Sebastian Fitzek in der damaligen Corona-Zeit die Ausschreibung »#wirschreibenzuhause« ins Leben gerufen hatte. So bot er seinen Fans die Möglichkeit, spannende und kriminalistische Geschichten zu verfassen und einzureichen. Insgesamt sind über 1000 Werke eingegangen. Einige davon wurden an der Seite namhafter Autoren in einem Print-Buch veröffentlicht, und weitere 100 Geschichten in der E-Version. Die Anthologien sind im Jahre 2020 bei der Verlagsgruppe Droemer Knaur erschienen. Die Einnahmen wurden an einen guten Zweck gespendet.

Als ich damals in den sozialen Medien von der Ausschreibung erfahren hatte, konnte ich nicht widerstehen: Ich musste mitmachen! Voller Freude und Spannung lauschte ich den Live-Videos von Sebastian Fitzek, in denen die obigen Parameter gemeinsam mit seinen Fans festgelegt wurden. Danach kam das »Go« und die intensive und kurze Schreibzeit, in der meine drei Geschichten entstanden sind. Es war eine magische Phase der Inspiration, des Plottens und Verfassens, in der ich wie durch einen Tunnel nur eins gesehen und gespürt habe: den Thrill der Geschichten.

Nachdem meine Testleser und ich mit dem Ergebnis zufrieden waren, reichte ich die Kurzthriller unter dem Pseudonym »Lunadine197676« über das Formular der für das Projekt erstellten Homepage ein, und dann galt es, zu warten. Und zu hoffen …

Kurzum: Meine drei Geschichten wurden von der Communitiy ins ebook gewählt, zur großen Freude meines Autorenherzens.

Da ich ein Freund von bedrucktem Papier bin, entschloss ich mich – selbstverständlich neben E-Book und Hörbuch –, die Geschichten in einem greifbaren Werk noch einmal selbst zu veröffentlichen. Dieses halten Sie nun in Ihren Händen. Ich wünsche Ihnen viel Freude damit und einen prickelnden Nervenkitzel.

Lilli

»Das ist nicht meins«, flüsterte Henning, während er auf das Smartphone starrte, das er in seiner Hand hielt. Eigentlich wollte er nur telefonieren.

Mit dem Wissen, dass er sein eigenes Handy heute immer bei sich getragen hatte, und dem Gefühl, beobachtet zu werden, drehte er sich um. Die Menschen auf der belebten Einkaufsstraße wurden zu Verdächtigen, doch keiner von ihnen hob seinen Kopf und bekannte sich zu seiner Schuld. Keiner von ihnen wollte Zeuge davon gewesen sein, wie ein Fremder das Handy aus Hennings Hosentasche gezogen und gegen dieses hier eingetauscht hatte.

Sein Blick wanderte wieder auf das Gerät, während sich eine beunruhigende Frage in seinem Kopf breitmachte.

Warum hat derjenige das getan?

Er empfand das Gemurmel seiner Mitmenschen wie hinterhältiges Gerede. Über ihn. Als ob einer unter ihnen über sein Erschrecken triumphierte.

Henning konzentrierte seine Gedanken, drückte auf

den Home-Button und wischte mit dem Daumen über das Display, als sich der Startbildschirm zeigte. Das Gerät hatte keinen Sperrcode.

»Wie naiv«, sagte er und grinste. Er tippte auf die Bilder-App und genoss die süße Vorfreude darauf, Einblick in das Privatleben eines anderen Menschen zu erhalten.

Doch im nächsten Moment fror Hennings Lächeln ein. Er hielt den Atem an, die Umgebung verschwand aus seinem Bewusstsein, und ein bitterer Geschmack füllte seinen Mund.

Er sah sich selbst.

Nicht nur, dass es gar nicht sein konnte – nicht sein *durfte* –, gab ihm das Bild vor seinen Augen die Gewissheit, dass er seinen Verstand verlor: In seinen Armen hielt er den schlaffen Körper eines Kindes.

Henning wusste nicht, wie er nach Hause gekommen war. Wie betäubt legte er das Smartphone auf den Küchentisch und setzte sich auf einen Stuhl. Er stützte seinen Kopf in die Hände, schloss seine Augen und griff sich in die Haare. Mit Mühe unterdrückte er einen Schrei.

»Nein, das bin nicht ich. Es kann nicht sein! Und nein, ich habe das nicht getan«, raunte er und öffnete seine Lider.

Er griff erneut nach dem Telefon und schaute auf das Foto. Er hatte sich nicht getäuscht. Es war eindeutig. Er war darauf zu sehen. Hennings Herzschlag erhöhte sich, während er das Bild zur Seite wischte. Für den Bruchteil einer Sekunde erfasste ihn Wut, sodass er das Gerät am liebsten gegen die Wand geschleudert hätte.

Die Wut wich der Ernüchterung, als eine weitere Aufnahme bestätigte, dass er nicht nur ein bewusstloses Kind in seinen Armen gehalten hatte, sondern ein totes. Wie aus der Ferne sah er sich, wie er auf dem Boden kniete und ein Loch aushob. Die einzigen Mitwisser waren die Bäume, die ihn umgaben – und der Fotograf.

»Was soll das? Wer um Himmels Willen will mich hier verarschen?«

Henning schloss die App und suchte nach dem integrierten Telefonbuch, in der Hoffnung auf einen Hinweis, wem das Gerät gehörte. Doch die App war leer. Keine einzige Nummer war darin verzeichnet.

Wieder knallte er das Handy auf den Tisch. Er rückte den Stuhl polternd nach hinten, stand auf und ging in der Küche auf und ab. Immer wieder schüttelte Henning seinen Kopf, versuchte zu verdrängen, was ihn schon lange umtrieb. Etwas, das stets an seiner Seite war, seit er sechs Jahre gewesen ist. Er spürte es noch heute – jeden Tag, jeden Abend, wenn er zu Bett ging und das Licht ausmachte. Nur, dass es die letzten Tage nicht allein dann geschah, wenn es dunkel wurde, sondern mitten am Tag, wenn die Sonne schien und das Leben um ihn tobte. Die Erinnerung. Große Hände, die über seinen nackten Körper strichen, und das laute Schnaufen an seinem Ohr.

Henning formte seine Hände zu Fäusten.

»Hör auf … Ich will nicht. Hör auf!«

Seine letzten Worte hallten durch den Raum.

Henning spürte, wie ihm eine Träne die Wange hinabrann und hasste sich dafür. Er war in den letzten Jahren so stark gewesen, hatte in der Therapie gelernt, mit dem Erlebten umzugehen, die Folgen der einstigen Geschehnisse in den Alltag und sein Leben zu integrieren. Ja, er hatte es sogar geschafft, kurzzeitig eine Beziehung zu führen und Nähe zuzulassen. Doch in den letzten Wochen kehrte all das zurück, was er glaubte, überwunden zu haben. Und nicht nur das. Manchmal …

Ein Brummen trieb ihn aus seinen Gedanken.

Das Handy!

Henning stürzte zum Tisch und riss das Telefon an sich. Der Bildschirm war hell erleuchtet, und am oberen Rand prangte das Zeichen dafür, dass eine Nachricht eingegangen war.

Mit zitterndem Zeigefinger öffnete er den Chat, in dem stand: *Du hast es wieder getan. Es hört nie auf. Nie.*

Hennings Gedanken flogen wie wild gewordene Bienen durch seinen Kopf. Seine Augäpfel hüpften hektisch zwischen den Worten hin und her.

Er hechtete ans Fenster und schaute hinaus. Es waren nur wenige Menschen auf den Gehwegen unterwegs, sein Nachbar sammelte Gras von der frisch gestutzten Wiese, und zwei Kinder fuhren mit dem Fahrrad die

Straße entlang. Niemand stand vor seinem Haus und beobachtete ihn.

Henning ließ die Gardinen zufallen. Er sah nur noch eine Möglichkeit, herauszufinden, wer sein böses Spiel mit ihm trieb. Er öffnete die App, tippte auf die Nummer und hielt sich das Telefon ans Ohr.

Das Freizeichen erklang. Kurz darauf brach es ab. Henning fluchte und drückte auf Wahlwiederholung. Er spürte, wie sich Schweißperlen auf seiner Stirn bildeten, und wischte sie mit der freien Hand weg.

»Sie sind verbunden mit der Mailbox von …«, äffte Henning die Stimme aus dem Gerät nach. *Aus! So ein Mist!*

Er schlurfte zum Tisch zurück und setzte sich kraftlos auf den Stuhl. Seine Energie war wie auf einen Schlag aus seinem Körper gewichen, und sein Geist fühlte sich einer Kapitulation nah.

»Bin das wirklich ich?« Hennings Stimme glich einem Flehen. So, als stünde er kurz vor einem Zusammenbruch.

Angst keimte in ihm auf, als er erneut das Foto aufrief, auf dem er das Kind in seinen Armen hielt. Die Bildqualität ließ zu Wünschen übrig, sodass er unfähig war, kleinste Details auszumachen. Allem Anschein nach handelte es sich um ein Mädchen, denn eine blonde Locke stand ihm vom Kopf ab. Henning schätzte das Kind auf ungefähr vier Jahre.

»Unmöglich. Das muss eine Täuschung sein. Ich … Ich habe vor vielen Jahren damit aufgehört. Ich … habe noch nie ein Kind danach getötet. Nein …«

Er kniff die Lider zusammen.

Bilder lügen nicht. Nicht die, in meinem Kopf.

»Bitte vergib mir. Mein Gott, vergib mir«, hauchte Henning und drückte die Handflächen gegen seine Augen.

Mit all seiner Kraft griff er noch einmal nach dem Telefon und warf einen Blick auf das zweite Foto. Dort kauerte er auf dem Boden, während er ein Loch buddelte – die Kinderleiche daneben. Deren schmale Arme waren kalkweiß und lagen seitlich an dem kleinen Körper an.

»Ich habe es doch bereut. Ich habe mich bei dem letzten Kind entschuldigt. Ich habe es danach nie wieder getan. Und schon gar nicht gemordet!«

Henning schrie den letzten Satz in die aufkommende Dämmerung, die den Raum in ein zwielichtiges Dunkel hüllte. Der Schlag seiner Faust auf den Tisch ließ das Geschirr vom Morgen rappelnd protestieren.

Dann machte Hennings Herz für einen Moment nicht mehr das, was es tun sollte. Es setzte aus. Er riss seinen Mund auf und führte das Smartphone näher an seine Augen. Mit Daumen und Zeigefinger vergrößerte er das Bild und zoomte ein Detail heran.

Im Hintergrund stand eine Bank. Daneben eine Schautafel. Henning kannte die Tafel, die die Flora und Fauna des Waldes beschrieb. Und Henning kannte den Ort.

Er fasste einen Entschluss.

Langsam befuhr er den schmalen Waldweg. Während die Bäume links und rechts davon wie stumme Zeugen ausharrten, bewegten sich die abendlichen Schatten wie Geister zwischen ihnen hindurch.

Henning wollte eigentlich nie wieder an diesen Ort zurückkehren. Lange war es her, wo er ihn das letzte Mal betreten hatte. Eventuell fünfzehn Jahre? Er wusste es nicht genau. Vielleicht lag es daran, dass ihn das Gefühl beschlich, dass die Zeit an Bedeutung verloren hatte. Je näher er dem Ort kam, desto mehr gewann er den Eindruck, als würden sich Würmer in seinem Darm winden und ihn bei lebendigem Leib auffressen.

»Ich habe es nicht getan, ich weiß es. Es *kann* nicht sein«, flüsterte er die Sätze wie ein Mantra vor sich hin. Nun war er doch wieder hier, und der Ort kam ihm vor, als hätte er ihn nie verlassen.

Leise Zweifel bahnten sich einen Weg vom Bauch in sein Gehirn, wo sie verweilten und ihn dazu nötigten, seine Hand auf den Beifahrersitz gleiten zu lassen. Seine Finger umschlossen den kalten Stahl der Pistole, die geduldig auf ihren Einsatz wartete. Das erste Mal im Leben war Henning froh, dem Sportschützenverein beigetreten zu sein. Früher diente sein Hobby lediglich dem Abreagieren, der Verschiebung des Fokus auf andere Dinge, als …

Nein, er schob den Gedanken zur Seite. Dennoch konnte er es nicht verhindern, dass sich sein immerwährender Kampf gegen sich selbst in sein Bewusstsein stahl. Henning war so stark gewesen in all diesen Jahren. Er hatte widerstanden. Immer wieder. Er war in der Lage gewesen, den kleinen Leibern zu entsagen, sosehr sie ihn auch lockten. Auch der Schmerz danach, wenn er es getan hatte, war verschwunden. War er doch nichts anderes gewesen als der Widerhall seiner eigenen Vergangenheit.

Henning zog an dem Griff und öffnete die Autotür. Das Laub auf dem Waldboden raschelte leise, als er den Fuß darauf absetzte. Er lauschte. Die Vögel stimmten ihre letzten Lieder für diesen Abend an, Insekten summten hier und da, und in der Ferne bellte ein Hund.

Henning schloss seine Augen und nahm die laue Sommerluft in sich auf, während er sich gewiss war, dass er nichts von dem vorfinden würde, was ihn ängstigte. Dass keine Kinderleiche begraben unter der vom Regen des Vortages aufgeweichten Erde lag.

Er öffnete seine Augen und bog in den Seitenpfad ein. Das Smartphone wirkte wie ein giftiger Fremdkörper in seiner Hosentasche. Henning fragte sich, warum er es überhaupt bei sich trug. Was erhoffte er sich davon? Dass er die Fähigkeit besaß, Hilfe zu rufen? Musste er das? Dass er sich Klarheit verschaffen und mit der Vergangenheit abrechnen könnte? Er entschloss sich dafür, dass es die Gewohnheit war. Eine beruhigende Vorstellung.

Henning blieb stehen. Nicht nur, weil er in diesem Augenblick tief im Wald einen Ast wie einen alten Knochen bersten hörte. Nun zeichneten sich auch das Schild und die Bank aus dem Halbdunkel ab. Er war angekommen.

Er suchte die Erde mit der Taschenlampe des Smartphones ab, doch konnte er nichts Auffälliges daran finden. Modriges Laub überdeckte den darunter liegenden Waldboden. Hier und da durchzogen Wurzeln jenes Bild der Vergänglichkeit.

Leben und Sterben – jedes Jahr aufs Neue, assoziierte Henning, als der Schein der LED eine kaum sichtbare Unebenheit offenbarte. Henning ging in die Knie, wischte das Laub weg – und hielt den Atem an.

An einer Stelle war der Grund aufgelockert. Er wischte das umliegende Laub großflächig zur Seite. Dann wusste er es: Jemand war hier zugange gewesen.

Henning überkam Schwindel, seine Magengrube wurde zu einem brennenden Loch, und ein dumpfes Summen legte sich auf seine Ohren.

»Das ist unmöglich«, brachte er mühsam hervor und legte seine Hand auf die Stelle, an der sich ein Mensch zu schaffen gemacht hatte.

War wirklich ich derjenige?, schoss ihm durch den Kopf, während ein Teil seines Gewissens ihm vorgab, dass es rein war.

Hennings Finger bohrten sich in die Erde. Er packte sie und schleuderte sie weit von sich. Wie von Sinnen begann er zu graben. Immer tiefer. Immer schneller. Die aufkommenden Schmerzen in seinen Armen widersetzten sich seinem Bestreben, zu bestätigen, dass ihn keine Schuld traf. Nicht in diesem Fall.

Dann zerschlug sich seine Hoffnung. Seine Hände legten frei, was Hennings Befürchtungen wahr werden ließ. Er nahm es vorsichtig zwischen Daumen und Zeigefinger und spürte, wie eine Träne auf den beschmutzten Stoff des Saumes tropfte.

Dort, tief in der Erde, an dem Ort, den Henning für immer aus seinem Gedächtnis hatte verbannen wollen, lag ein Kleid – da war sich Henning nun sicher –, das den leblosen Körper eines Mädchens umhüllte.

»Ich habe es doch wieder getan – und auch gemordet.«

Wie ein Geständnis an die Bäume entließ Henning die Worte in den späten Abend. Unbemerkt hatte sich die Dunkelheit wie ein Tuch über die Welt gelegt. Als wolle sie vertuschen, was nun offen dalag.

Hennings Brust begann zu beben. Ihn überfiel ein Schütteln, als er nicht mehr verhindern konnte, dass ihm ein lautes Schluchzen entfuhr. Noch mehr Tränen rannen ihm die Wangen hinab, selbst eifriges Abwischen hinderte sie nicht daran, nachzurücken. Mit all seinem Willen stoppte Henning den Fluss, indem er tief einatmete und die Luft anhielt. Langsam ließ er sie zwischen seinen Lippen hindurch und spürte, wie sich sein Körper entspannte.

Er wusste, was jetzt zu tun war.

Er packte das Griffstück der Pistole, zog sie unter dem Bund seiner Hose hervor und warf einen letzten

Blick auf die Waffe, bevor er sich deren Mündung an die Schläfe hielt.

»Damit will ich nicht leben. Ich habe nicht nur vergewaltigt, ich habe getötet«, sagte Henning laut. Seine Stimme war fest, sein Geist gefasst, als er seinen Zeigefinger um den Abzug legte und anspannte. Ein kurzes Zittern seiner Hand brachte seinen Plan ins Wanken, doch der Drang war stärker. Henning schloss seine Augen, lauschte seinem Atem, der stoßweise aus seiner Nase strömte.

Er war der letzte Zeuge seines Lebens.

Und drückte ab.

Die Welt war stumm geworden. Das Dröhnen des Schusses hatte Hennings Ohren für den Moment taub werden lassen.

Seine Umgebung war immer noch die gleiche. Das Laub bettete Hennings Gesicht wie auf einem weichen Kissen, der herbe Duft der Erde vermischte sich mit dem Geruch seines Blutes. Ein letzter Strahl der untergehenden Sonne hatte es geschafft, direkt in seine Augen zu dringen, bis tief in seine noch wache Seele.

Langsam kehrten die Geräusche in seine Wahrnehmung zurück. Die Vögel waren noch da, das Rauschen der durch den Abendwind bewegten Blätter und sein Herzschlag, der versicherte, dass er lebte. Ein drückender Schmerz im Kopf erinnerte Henning daran, was er getan hatte. Sich selbst angetan.

Er sah zwei Füße auf sich zukommen. Die Schuhe, in denen sie steckten, waren auffallend weiß und passten so gar nicht in die immer dunkler werdende Gegend.

Im nächsten Augenblick war die Person, zu der die Füße gehörten, bei ihm stehengeblieben und beugte sich zu ihm herunter. Dabei registrierte Henning, dass es sich um eine Frau handelte. Sie stützte sich auf dem Boden ab und offenbarte ihm ihre zarten Handgelenke.

»Na, kannst du dich an mich erinnern? Vor über zehn Jahren – an diesem Ort.«

Die Stimme der Frau glich der eines Engels. Henning drehte ihr mit großer Anstrengung seinen Kopf zu und schaute ihr ins Gesicht. Sie trug blonde, lange Haare, deren Spitzen fast seine Nase berührten. Die Frau lächelte und sagte: »Ich bin Lilli.«

Hennings Gesichtsmuskeln weigerten sich, ihm zu gehorchen.

Ich habe mich entschuldigt, wollte er sagen. Verzweifelt kämpfte er gegen die Unfähigkeit zu sprechen an. Wut bäumte sich in ihm auf. Hass. Nicht Lilli gegenüber, sondern auf sich selbst.

»Ich dachte, es wäre an der Zeit, dass du leidest. So, wie ich das ganze Leben lang leiden musste. Dank dir. Dank dem, was du mir angetan hast«, sagte Lilli und griff in die ausgehobene Kuhle im Boden. Als wäre es ein Leichtes, zog sie etwas aus ihr hervor. Hennings Augen weiteten sich, als er das Kleid sah. Befleckt und mit feuchter Erde überzogen. Dann sah er einen Arm.

Elfenbeinfarben wirkte er im Dunkel der hereinbrechenden Nacht.

Doch etwas stimmte nicht mit ihm.

Ein Schleier legte sich über Hennings Sehkraft. Aber für einen Moment gab er frei, was Henning erkennen musste.

Eine Puppe?

Anstelle klarer Worte, kämpfte sich ein tonloses Röcheln aus seiner Kehle.

»Wie das hier waren auch die Bilder auf dem Handy nur Lug und Trug. Manipuliert, gefälscht. Und du hast es geglaubt.«

Mit einem geschickten Handgriff entwand Lilli Henning ihr Smartphone aus dessen Gesäßtasche und legte sein eigenes direkt vor seine Nase.

»Nun ist es vorbei. Endlich. Nun kann es aufhören, weh zu tun. Nach all den Jahren«, sagte Lilli lieblich wie ein Kind, drehte sich um und verschwand in den Schatten des Waldes.

Selbst das Licht der Sonne hatte den Ort inzwischen verlassen, an dem so viel Grauen passiert war. Und an dem es gerade sein Ende fand.

Henning ließ sein Smartphone nicht aus den Augen. Er musste es zu greifen bekommen. Hilfe holen. Aber seine Arme hatten keine Kraft mehr – sie waren bereits gelähmt.

Das Blinken der kleinen LED seines Smartphones

zeigte an, dass er eine Nachricht bekommen hatte. Doch würde er sie nicht mehr lesen können.

Ich werde sterben. Hier und heute. Wegen nichts, waren Hennings letzte Gedanken, als absolute Schwärze ihn in sich aufnahm.

Das Wiegenlied

Melissa hielt die frisch zubereitete Babyflasche in der Hand, als ihr auf dem Weg aus der Küche ins Kinderzimmer etwas auffiel: Es war still. Das Kindergeschrei hatte aufgehört.

Mit dem Gedanken an den Plötzlichen Kindstod eilte sie durch den Flur auf das Bettchen zu.

Ihre Augen verharrten auf dem Bild, das sich ihr bot. Die Decke mit den rosa Applikationen war zurückgeschlagen und offenbarte das weiße Laken. Das Bett war verlassen – Josefine verschwunden.

»Nein!«, keuchte Melissa. Ihr entglitt die Flasche, die auf dem Hochflorteppich mit einem dumpfen Geräusch aufschlug. Panisch schaute sie von links nach rechts, drehte sich um ihre eigene Achse und rannte aus dem Raum.

Die Terrassentür!

Ihre Schritte hallten durch das Wohnzimmer, als sie um die Ecke bog. Die Tür stand weit offen. Der Wind blähte die Gardinen, die fast bis zum Boden reichten, wie in einem hämischen Züngeln auf.

Melissa war zu spät.

»Mein Mädchen! Wer hat mein Mädchen?«, schrie sie und stolperte ins Kinderzimmer zurück. Fassungslos und wie betäubt stand sie vor dem Bett, als etwas darin ihre Aufmerksamkeit auf sich zog.

Ihre zitternden Finger griffen einen lila Umschlag und entnahmen ihm eine Postkarte. Darauf war ein Elefant abgebildet, der mit seinem Rüssel bunte Ballons in die Luft hielt.

Melissa drehte die Karte um.

Du wirst sie wiedersehen, wenn du gehorchst, lauteten die Worte. Die Buchstaben waren fein geschwungen und sorgsam aufs Papier gebracht.

Wie eine Einladung – nur nicht zu einer vergnüglichen Feier, assoziierte Melissa und verkrampfte.

»*Was* muss ich tun? *Was?*«

Das letzte Wort schrie sie heraus, während sie ins Wohnzimmer ging. Sie schloss die Terrassentür mit einem heftigen Ruck und schaute mit verquollenen Augen aus dem Fenster. Der Rasen wirkte unberührt.

Ein tiefes Brummen riss Melissa aus ihren Gedanken. Sie drehte sich um.

Auf dem Tisch lag ein Smartphone, dessen Display aufleuchtete. Melissa stockte der Atem, als sie darauf zuging und es an sich nahm. Es war nicht *ihr* Telefon. Sie hatte es noch nie zuvor gesehen. Sie tippte auf die eingegangene Nachricht, die sich ohne Probleme öffnen ließ.

Töte Hendrik.

Melissa spürte, wie Hitze in ihr hochstieg und sich gleich darauf eine eisige Kälte auf ihre Haut legte. Für einen kurzen Moment glaubte sie, dass der Eindringling hinter ihr stünde und ihr in den Nacken hauchte.

»Ich soll ... was?«

Melissa starrte auf die Lettern, außerstande die Forderung kognitiv zu erfassen. Sie las sie immer wieder, bis sich die Bedeutung des Satzes in ihr Bewusstsein brannte. Sie sollte ihren Partner, den Vater ihres Kindes umbringen?

»Wer bist du?«, zischte Melissa, schloss den Chat und suchte auf dem Gerät nach Hinweisen, wer hinter diesem Spuk stecken könnte. Wollte sie so gerne an einen üblen Scherz glauben. Sie fand keine weiteren Nachrichten oder Telefonnummern. Als sie jedoch die Foto-App öffnete, fiel ihr das Gerät fast aus der Hand.

Ihr lächelte Josefine entgegen.

Es war ein Zeitungsausschnitt. Ein Artikel mit einem großen Foto von dem Baby und der Überschrift: *Säugling aus dem Krankenhaus entführt.* Wie getrieben wischte Melissa das Foto zur Seite. Und wieder: Josefine. Sie *musste* es sein. Denn sie lag in Melissas Armen, die auf dem Weg aus der Klinik war.

Melissas Welt begann in spitze Bruchstücke zu zerfallen. Ihr Verstand klammerte sich mit letzter Kraft an den Rand der Realität, während die Erinnerung an das, was sie einst getan hatte, mit voller Wucht gegen das Innere ihres Kopfes prallte.

Die Abtreibung.

Ich hatte keine andere Wahl! Es war falsch. Aber ich musste …

»Nein, ich will nicht! Ich will nicht darüber nachdenken. Nicht schon wieder – Stopp!«

Melissa kniff ihre Lider zusammen und hielt sich an den Rat, den ihr Psychiater ihr nach der Krise aufgrund ihrer Abtreibung mit auf den Weg gegeben hatte. Immer dann, wenn sich ihre Gedanken nach unten wanden, wenn die Abwärtsspirale sie in die Tiefe ziehen wollte, sollte sie Stopp sagen. Den Fluss ihres wahnhaften Zwanges aufhalten.

Stopp! Stopp!

»Stopp!«, sagte Melissa laut, die in ihrer Tasche nach ihren Medikamenten tastete. Doch ihre Hand erfasste etwas anderes.

Melissa öffnete zuerst langsam ihre Augen, dann ihre Faust. In ihr lag eine kleine Ampulle, ohne Etikett.

Einen Moment lang wurde ihre Gedankenschraube aufgehalten, sich tiefer in ihr Unterbewusstsein zu bohren. Doch während sie wieder ansetzte, sich zu drehen, brummte das Smartphone.

Du hast das Gift. Nutze es – noch heute!

Melissa wirbelte herum. Wieder rannte sie ans Fenster.

»Wer bist du? Wo?«

Dann brummte das Telefon erneut. Melissa wankte zum Tisch zurück, ergriff das Handy und las: *Du hast nur noch eine Stunde Zeit. Ich beobachte dich. Und keine Polizei oder auch nur ein Wort zu jemandem. Oder du wirst das Kind nicht wiederbekommen.*

Melissa spürte Tränen in sich aufsteigen. Sie wünschte sich, dass alles nur ein Alptraum war.

Hendrik. Im Krankenhaus. Hilflos.

»Er hat doch erst den Unfall überlebt. Nun soll er sterben? Durch meine Hand?«

Und überhaupt: Josefine. Sie ist mein *Kind. Ich habe sie doch geboren. Oder ...?*

Melissa drängte sich das Bild vor Augen, wie sie mit dem Säugling in ihren Armen die Klinik verließ.

Nun endlich liefen die salzigen Tropfen Melissa die Wange hinab, während sie wie in Trance das Fläschchen und das fremde Telefon in ihre Handtasche gleiten ließ, sich Schuhe und Jacke anzog und den Schlüsselbund von der Kommode nahm.

Melissa drückte die Klinke der Tür des Krankenzimmers leise nach unten. Bevor sie hineinschlüpfte, schaute sie sich um. Der Gang der Station lag verlassen da. In der Ferne hörte sie, wie zwei Frauen miteinander sprachen.

Im Raum war es still. Am Fenster stand ein einzelnes Bett, in dem Hendrik regungslos dalag, die Arme seitlich an seinem Körper. Melissa nahm sich einen Stuhl und rückte ihn nah an ihren Freund, der die Lider immer noch geschlossen hielt.

Melissa hatte bereits am Morgen versucht, mit ihm zu sprechen. Aber aufgrund der Gehirnerschütterung war es Hendrik kaum möglich gewesen, einen klaren Satz hervorzubringen. Immer wieder nuschelte er dieselben Fragen, während er seinen Kopf kraftlos auf das Kissen sinken ließ.

Vorsichtig nahm Melissa Hendriks große Hand, die im Kontrast zu seiner aktuellen Schwäche stand. Sie liebte seine sonst kräftigen Berührungen, wenn er Melissa hochhob oder um ihre Taille fasste. Doch nun lag die Hand schlaff in ihrer.

Sie ist doch unsere Tochter?, fragte Melissa, ohne dass die Worte ihre Lippen verließen. Sie wusste, dass Hendrik ihr eh nicht antworten konnte.

Mit Tränen in den Augen sah sie ihn an. Dankbar darum, dass er in ihr Leben getreten war. Er war das Beste, was Melissa je passiert war – neben Josefine. Sie strich über seine Finger, vorsichtig am Zugang vorbei, von dem ein Schlauch zu einem Infusionsbeutel führte, der Tropfen für Tropfen der Mischung aus Kochsalzlösung und Schmerzmittel in Hendriks Vene fließen ließ.

Wäre das alles nur nie passiert. Alles. Der Unfall. Dann wärst du bei mir und Josefine nie entführt worden.

Melissa setze an, ihm zu sagen, was passiert war. Dass ihre kleine gemeinsame Tochter nicht mehr da war.

Der Gedanke hatte jedoch einen Haken, der sich schmerzhaft in Melissas Bewusstsein festsetzte. War Josefine ihre gemeinsame Tochter? War sie ihr Kind? Doch da lenkte sie die Nachricht in ihrem Gedächtnis von der Frage ab. *Keine Polizei oder auch nur ein Wort zu jemandem.*

Schnell schloss sie ihre Lippen und schniefte.

Die Zimmertür ging auf und Melissa fuhr herum.

»Guten Abend! Ich wollte Sie nicht erschrecken. Bin auch gleich wieder weg. Ich möchte nur den Beutel wechseln«, sagte der junge Pfleger, der begann, das Infusionsbesteck an einen neuen Beutel anzuschließen. Melissa beobachtete die geschickten, aber zitternden Hände des jungen Mannes, als er eine zusätzliche Spritze in das Gummiseptum stach, um der Lösung ein Medikament beizumischen. Als er fertig war, nickte er zum Abschied mit dem Kopf und verließ das Zimmer.

Melissa starrte ihm hinterher. Selbst als die Tür bereits ins Schloss gefallen war, konnte sie den Blick nicht abwenden.

Ich täusche mich. Nein, ich habe ihn noch nie gesehen, entschied sie und konzentrierte sich wieder auf Hendrik. Für einen kurzen Moment öffnete er seine Augen, lächelte und drückte Melissas Hand. Dann entspannte sich seine Mimik, und die Finger lösten sich aus ihrem Griff.

Melissa weinte still, als sie das Gesicht ihres Freundes betrachtete. Seine Haut wirkte fahl, die Wangenknochen eingefallen, und die Stoppeln des Bartes waren einen Tick zu lang.

In ihr kam die Sehnsucht auf, seine Lippen zu küssen.

Ein letztes Mal …

Ihr Blick wanderte auf die Uhr, die an der Wand hing. Erschrocken darüber, dass ihr keine Zeit mehr blieb. Sie musste es tun. Sie musste. Wenn sie Josefine wiederhaben wollte.

Ich will nicht schon wieder ein Kind verlieren, dachte sie, während sie spürte, wie Angst in ihr hochbrach. Ihre Gedanken erweckten den Eindruck, als bestünden sie aus unzähligen Puzzleteilen, kalter Schweiß auf ihrer Stirn kündigte einen Zusammenbruch an.

Fahrig nahm Melissa die Ampulle aus ihrer Handtasche und betrachtete die klare Flüssigkeit, die sich darin befand.

Dies soll also das Leben meines Freundes beenden, verdeutlichte sich Melissa und konnte kaum glauben, dass sie das sogleich tun würde. In ihr tobte der Widerstand. Sie wollte es nicht machen. Nein!

Noch während sie das dachte – und fühlte –, nahm sie die Spritze wahr, die der Pfleger auf dem Tisch neben Hendriks Bett hatte liegen lassen. Mit feuchten Fingern griff Melissa sie, brach die Ampulle entzwei und zog den Inhalt auf. Es schmatzte leise, als die Nadel die letzten Tropfen des Giftes in sich aufsaugte.

Melissa beobachtete, wie Hendriks Augäpfel unter den geschlossenen Lidern hin und her rollten. Seine Lippen bewegten sich leicht und erweckten den Anschein, als würde er im Delirium sprechen.

Gleich wirst du schlafen – für immer. Und ich trage die Schuld, wusste Melissa, die unter dem Schleier ihrer

Tränen die Nadel in das freie Gummiseptum an dem Infusionsbeutel trieb.

»Ich tue es für Josefine«, flüsterte sie, als die Spritze leer war. Dann steckte sie diese mitsamt der aufgebrochenen Ampulle in ihre Handtasche und verließ den Raum.

»Es tut mir leid. Mein Gott, vergib mir, es tut mir so leid«, stammelte Melissa, als sie aus der Tür der Klinik in die Anonymität der Dunkelheit flüchtete. Der Regen hatte aufgehört. Nur der Wind erinnerte an den frühen Herbst, der sein erdiges Aroma in die Luft abgab.

Melissa fuhr sich über Augen und Wange, um ihre Tränen wegzuwischen. Sie konnte es immer noch nicht glauben: Sie war eine Mörderin. Eine kaltblütige, berechnende Killerin.

Was nun?, dachte sie. *Ich habe es getan! Wo ist Josefine?*

Ihr Weg hatte in den Stadtpark geführt. Weit genug vom Krankenhaus entfernt – dem Ort, an dem Hendrik in diesen Minuten sein Leben aushauchte. Sie nahm auf einer Bank Platz, deren nasse Oberfläche ignorierend, und suchte in ihrer Handtasche nach dem Smartphone. Ob sie die Nummer einfach anrufen sollte? Jetzt hatte sie nichts mehr zu verlieren.

Sie wischte über das Display und erkannte an dessen oberen Rand, dass eine Nachricht eingegangen war. Sie öffnete sie, während sie die Luft anhielt.

Ich habe noch eine letzte Bitte: Triff mich!

Melissa hauchte in den späten Herbstabend. Ihr warmer Atem erinnerte sie an die Vergänglichkeit des Lebens.

Sie legte den Daumen über die Buchstaben und schrieb: *Wo?*, starrte auf den Bildschirm und wartete. Die wenigen Passanten, die um diese Uhrzeit noch unterwegs waren, umrundeten Melissa wie Gischt einen kalten Stein.

Dann poppte das Nachrichtensymbol auf.

Bei dir Zuhause.

Melissa spürte ihren Körper nicht mehr. Ihre Muskeln, die vom schnellen Gehen müde wurden, taten zuverlässig ihre Arbeit. Sie brachten Melissa ihrer Adresse näher, die sie nicht mehr als ihr Zuhause empfand. Dort lauerte der Unbekannte. Der Entführer von Josefine.

Bin auch ich eine Entführerin?, fragte sich Melissa und schüttelte kaum merklich ihren Kopf, um die Vorstellung zu negieren.

Oder doch? Die Bilder. Sie waren der Beweis. Josefine – das Kind einer Fremden?

Melissa suchte in ihren Erinnerungen nach einer Schwangerschaft. Nach einer Geburt.

Ja, ich war schwanger gewesen. Ich habe abgetrieben. Ich … Ich habe es nie jemandem erzählt. Außer …

Melissa blieb abrupt stehen.

Arend!

Ein Schauder erfasste Melissas gesamten Körper. Nun versagten ihre Muskeln doch. Sie spürte, wie alles in ihr vibrierte, ein bitterer Geschmack ergoss sich über ihre Zunge, ihren Gaumen und zwang sich ihre Kehle hinab. Als würde sie Gift trinken.

Gift.

Hendrik.

Melissa befahl ihren Beinen, weiterzugehen. Einen Fuß nach dem anderen setzte sie auf den Asphalt, als sie ihr Haus bereits sah. Friedlich wartete es auf Melissa – und mit ihm der Eindringling.

Melissa zögerte, bevor sie den Schlüssel im Schloss umdrehte. Angst zerfraß sie. Sie wollte Arend nie wieder begegnen. Seine narzisstische Ader verfolgte sie noch heute in ihren Alpträumen, daher war Melissa froh gewesen, als sie sich von ihm getrennt hatte und … sein Kind abgetrieben. Es war schwer gewesen, sich komplett von ihm zu lösen. Arends Drohung hallte noch in ihren Ohren: *Solltest du mich für einen anderen verlassen, dann wirst du es bereuen.*

So begann Melissa ihren größten Fehler.

Doch … Nicht jetzt. Sie schob ihre Reue beiseite.

Bevor sie den Eingangsbereich ihrer Wohnung betrat, lauschte sie. Es war still und dunkel. Leise ging sie den Flur entlang, ohne das Licht anzuschalten, bis sie im Kinderzimmer stand. Die Laterne, die sich direkt vor dem Fenster befand, erhellte den Raum und ließ ihr Licht in das kleine Bett fallen. Es war leer.

Melissas Herz pochte gegen ihr Brustbein, ihr Puls rauschte in den Ohren, und sie wagte es nicht, zu atmen.

Dann raschelte es hinter ihr, und das Licht ging an. Melissa drehte sich um …

… und fand eine Welt vor, die sich in Sekundenbruchteilen zu einem surrealen Szenario gewandelt hatte.

»Hendrik? Wie …? Aber …«, stammelte Melissa.

Josefine!

»Na, hast wohl gedacht, ich bin tot. Aus dem Weg geräumt.«

Hendrik trat gelassen auf Melissa zu, die wankend zurückwich. Josefine, die sich sichtlich auf seinem Arm wohlfühlte, streckte Melissa ihre kleine Hand entgegen und lächelte.

»Aber wie du siehst … Ich muss dich enttäuschen. Mir geht es gut. Es war nur ein harmloses Placebo. Und ich gebe zu: Es ist doch immer wieder vom Vorteil, wenn man Helferlein hat. Hast du den Pfleger nicht erkannt? Mein Studienkollege. Im Übrigen war der Unfall nur gespielt.«

Hendrik lächelte grotesk und legte seinen Kopf schief. Dann schnaubte er verächtlich, während er sein Kinn vorstreckte und sagte: »Du bist ohne Skrupel. Gehst sogar über Leichen. Hättest mich also umgebracht, nur um deinen Willen zu bekommen. Nun ist mir einiges klar.«

Vorsichtig legte er Josefine ins Bett und deckte sie

zu. Anschließend ging er wortlos an Melissa vorbei ins Wohnzimmer.

»Erkläre mir das hier«, sagte er und knallte ein Foto auf den Tisch.

Melissa überfiel Schwindel, als sie erkannte, was auf dem Schwarz-Weiß zu sehen war. Das kleine Pünktchen in der Mitte – ihr Kind. Ihr Kind, das sie abgetrieben hatte.

Ermordet.

»Da bist du sprachlos, hm? Hattest wohl gedacht ich bin blöd und finde das nie raus! Ich kann rechnen! Das Datum auf dem Ultraschallbild …«

Hendrik tippte mit dem Zeigefinger darauf und holte tief Luft.

»Du hast mich betrogen!«

Melissa zitterte und schaute Hendrik wortlos an. Sie öffnete ihre Lippen, doch kein Wort kam zwischen ihnen hervor.

Ich konnte nicht anders. Ich … Arend hat … Nein!, dachte sie.

»Es tut mir leid …«, brachte sie raus und wunderte sich über ihre eigene Stimme, die ihr in diesen Sekunden fremd erschien. Sie war nur noch ein tonloses Krächzen.

Hendrik verzog seinen Mund zu einer Grimasse, die Augen zu Schlitzen geformt. Dann wandte er sich von Melissa ab und trat zur Tür.

»Es war ein Fehler gewesen. Es tut mir leid. Bitte …«, stammelte Melissa, die hinter Hendrik herstolperte.

Dieser drehte sich jedoch nicht um, drückte die Klinke runter und war im Begriff, die gemeinsame Wohnung zu verlassen.

Melissa hatte den Eindruck, dass ihre Beine nachgaben. Der Boden unter ihren Füßen schien zu schwimmen, die Wände mit dem stilvollen Anstrich drehten sich wild um sie herum. Melissa war der Ohnmacht nah.

Mit letzter Kraft stützte sie sich an der Wand ab und packte Hendrik an der Schulter.

»Was … Was ist mit dem Artikel in der Zeitung? Habe *ich* Josefine geboren? Ist sie *unser* Kind? Oder habe ich sie tatsächlich …«, fragte Melissa und spürte, wie sich ihr ein schwerer Brocken auf die Brust legte. Sie schaute flehend zu Hendrik auf, der sich langsam zu ihr umwandte.

Seine Augen waren kalt.

»Josefine? Du glaubst immer noch, dass du ein Kind hast? Ich habe die Schnauze voll. Von deinen Lügen, deinem Tick und deinem Wahn. Werd endlich wach! Wenn du ein Kind entführt hättest – denkst du, ich hätte nicht die Polizei gerufen? Denkst du, ich hätte zugelassen, dass du das auch noch machst? Aber … Endlich stellst du dich selbst infrage. Dich und alles, was du abgezogen hast. Du brauchst wirklich Hilfe. Aber ohne mich. *Ich* gehe …«

Dann drehte er sich um und ließ die Tür hinter sich ins Schloss fallen.

Melissa stand vor dem Bett und beobachtete Josefine. Sie reckte ihr immer noch die kleine Hand entgegen – mit demselben gefrorenen Lächeln wie vorhin.

Die Puzzleteile in Melissas Kopf schoben ihre scharfen Kanten ineinander. Die Stille wurde laut, als sie registrierte, dass aus dem geöffneten Mund des Kindes kein Ton herauskam. Seine Augen waren auf einen Punkt an der Decke gerichtet, weit über Melissas Kopf.

Josefine. Sie war nicht lebendig.

Josefine war eine Puppe.

Die ganze Zeit schon … Die ganze Zeit.

Melissa fiel das Atmen schwer. Mit weit aufgerissenen Augen starrte sie auf das kleine Bett, schaute sich im Zimmer um. Alles nur inszeniert. Alles nur, damit sie das Gefühl bekam …

Das Gefühl, nie ihr eigenes Kind abgetrieben zu haben. Nie eine solche Tat begangen zu haben.

Sie nahm die Puppe sanft aus dem Bettchen, kauerte sich mit ihr auf den weichen Teppich und wiegte langsam hin und her. Ströme warmer Tränen ergossen sich über Melissas Gesicht und tropften auf das hautfarbene Plastik in ihren Armen.

Es tut mir so leid. Mein Kind, es tut mir so leid.

Melissa summte leise vor sich hin, als ein sanfter Nebel ihre Gefühle in sich einschloss.

Nicht noch einmal.

Dann fand ihre Stimme wieder Worte. Die Melodie war lieblich, wie aus einer fernen Welt.

»Mein sollst du sein und niemals dein. Mein süßes Kind, schlafe ein ...«

Raum der Seelen

Eine leise Melodie durchdrang Violas Bewusstsein. Im Halbschlaf tastete sie nach dem Smartphone, von dem das Geräusch ausging, und stieß das Gerät fast von der Bettkante. Mit nur einem offenen Auge und verschwommenem Blick drückte sie auf den Button.

»Hallo? Mit wem spreche ich?«, fragte sie mit dünner Stimme.

Ein Rauschen war das Einzige, was sie hörte. Sie war im Begriff wieder aufzulegen, als sie ein leises Atmen vernahm.

»Viola?«

Viola war nicht in der Lage zu antworten, denn die Stimme war ihr fremd. Sie war ein Mensch, der immer die Kontrolle über ihre Bekanntschaften haben musste. Akribisch hatte sie jeden Kontakt, der in ihrem Telefon abgespeichert war, unter dem Originalnamen hinterlegt. Zudem führte sie eine Liste mit allen Adressen, damit sie nicht in die Verlegenheit kam, auch nur einen Kontakt zu verwechseln. Sie musste die Menschen immer zuordnen können, woher sie kamen und in welchem

Bezug sie zu ihr standen. Diesen Anrufer kannte sie nicht, und somit konnte er sie auch nicht kennen. Woher wusste er also ihren Namen?

Viola drückte das Telefon fester an ihr Ohr.

»Woher kennen Sie mich?«, fragte sie harsch.

»Wir kennen uns schon lange.«

Eine Kinderstimme.

»Wie heißt du denn?«

»Lina.«

»Und wie alt bist du?«

»Acht.«

Dann entstand eine kurze Pause. Viola kramte in ihrem Gedächtnis, doch konnte sie kein Mädchen mit diesem Namen darin finden.

»Ich dachte, du wolltest mich beschützen. Du wolltest bei mir bleiben«, sagte Lina.

Viola fühlte sich ertappt. Irgendetwas sagte ihr, dass sie einen Fehler gemacht hatte. Einen, der nun auf Kosten dieses Mädchens ging.

»Magst du mir verraten, was du damit meinst? Wovor beschützen?«

»Ich darf nicht darüber reden. Ich … ich bin mir nicht sicher. Aber ich glaube, er ist noch hier. Ich traue mich nicht aus meinem Zimmer.«

»Wer ist er, von dem du sprichst? Wie heißt er?«

»Sein Name ist Theo.«

Viola spürte, wie eine unbestimmte Angst in ihr hochkam. Sie kniff ihre Lider zusammen und versuchte, das

Bild in ihrem Kopf zu vertreiben. Doch immer mehr drängte es sich in den Vordergrund. Sein Parfum stach ihr in die Nase, und sie spürte seinen warmen Atem an ihrer Wange.

Theobald!

Er ist tot. Er ist schon lange tot!, rief sich Viola in Erinnerung. Sie nahm sich den Rat ihrer Therapeutin zu Herzen und kniff sich mit der freien Hand in den Oberschenkel. Ein Versuch, durch den Schmerz wieder ein Stück mehr in die Realität zurückzufinden.

»Hat er dir wehgetan?«, fragte Viola unverblümt und bereute ihre Direktheit. Lina schwieg.

»Magst du mir erzählen, ob du Geschwister hast? Lebt außer Theo noch jemand bei dir? Ist deine Mama da?«

»Nein, sie ist weg.«

Weg? Weg sein könnte heißen, dass sie nur einkaufen ist. Es könnte aber auch bedeuten, dass das Mädchen mit diesem Theo alleine lebt. Fest steht, es hat Angst vor ihm.

Viola hörte ein Schluchzen.

»Ich bin jetzt bei dir. Und alles, was du sagst, bleibt unser Geheimnis. Bitte verrate mir, wovor hast du Angst? Was ist mit diesem Theo? Was hat er dir angetan?«, fragte sie und betete inständig, dass sich ihr das kleine Mädchen öffnen würde.

»Es geschieht immer dann, wenn Mama weg ist. Wenn sie schläft. Er kommt dann in mein Zimmer.«

Viola traute ihren Ohren nicht. Sie ahnte, was Lina ihr sagen wollte. Diese sprach die Worte aus.

»Er kommt jeden Tag und tut mir dort … weh.«

Es war so still im Raum, dass Viola den Straßenverkehr, drei Stockwerke weiter unten, entlangrauschen hörte. Der Wasserhahn im Bad tropfte. Sie wollte ihn schon längst repariert haben, aber immer wieder kam ihr was dazwischen, oder sie vergaß es schlicht. Das Pochen in ihrem Kopf schwoll auf ein unerträgliches Maß an, sodass sie das Telefon am liebsten in die Ecke geworfen und sich die Ohren zugehalten hätte. Doch sie konnte dem Widerhall des Satzes nichts entgegenbringen. Er schlug ihr mit voller Macht gegen die Brust.

Lina bat mit zittriger Stimme: »Kannst du nachsehen, ob er noch da ist?«

Es knackte und rauschte in der Leitung. Viola befürchtete, dass das Gespräch jeden Moment zusammenbrach. Schnell fragte sie: »Wo wohnst du? Bitte, sag mir wo du wohnst.«

»Ich glaube, er weiß, dass ich mit dir rede. Er darf es nicht erfahren, dann bin ich tot. Ich … Ich muss auflegen.«

Dann war es still in der Leitung.

Ein paar Sekunden lang beließ Viola das Telefon an ihrem Ohr. Dann hielt sie es vor ihr Gesicht und blickte paralysiert auf das Display. Lina war weg. Sie hatte sie verloren.

Doch ein weiteres wichtiges Detail zeigte sich Viola mit aller Brutalität: Das Telefon gehörte nicht ihr.

Viola spürte ihren Puls am Hals kitzeln und versuchte

ihre Finger zu bewegen, die das Smartphone fest umklammert hielten. Sie waren inzwischen verkrampft.

Ob es an dem getrockneten Blut lag, das an ihrer Hand klebte?

Sie ließ das Handy auf die Decke fallen, als wäre es mit Rasierklingen gespickt. Viola schwang ihre Beine über die Bettkante und sprang auf. Dann blickte sie an sich hinab. Sie trug Straßenkleidung. Ein scharfer Geruch ging von ihr aus, und dunkle Flecken zeichneten sich daran ab. Es war Blut.

Ihren ersten Impuls, die Polizei zu informieren, verwarf sie wieder. Sie wusste, dass etwas an ihrem Plan nicht funktionierte.

Duschen!

Mit spitzen Fingern nahm Viola das Handy, das ebenfalls blutbeschmiert war, und eilte ins Bad, legte es auf die Kommode, zog sich ihre Kleidung vom Leib und wollte gerade in die Duschkabine steigen, als ihr Blick auf ihr Spiegelbild fiel. Das war nicht sie. Die Person, die ihr dort gegenüberstand, war eine Fremde.

Vorsichtig ließ sie ihre Fingerspitzen über das Glas gleiten. Dann rieb sie daran, doch das Blut, welches überall im Gesicht verteilt war, ging nicht weg. Die roten Spritzer blieben an Wange, Kinn und Stirn haften.

»Was ist passiert?«, flüsterte Viola, die versuchte, ihre Gedanken zu sortieren. *Woher kommt das Blut?*

Ihr Kopf fühlte sich dumpf an, wie in Watte gepackt. Lähmende Kälte stahl sich durch ihre Gehirnwindungen.

Hilflos griff sie nach dem Plastikvorhang und schob ihn zur Seite, als sie in die Duschwanne stieg und den Hahn aufdrehte. Es dauerte nicht lange, und ein warmer Strahl des tröstenden Wassers schmiegte sich um Violas schlanken Körper. Sie schloss ihre Augen und atmete tief ein. Wenigstens für diesen einen Moment vergessen …

Sie spürte, wie heiße Rinnsale über ihre Schultern rannen, den Rücken hinunter und die Beine entlang.

Woher kenne ich Lina?

In ihrem Kopf begann sich etwas neu zu fragmentieren. Bruchstücke von Bildern stoben durch ihre Vorstellung, verzerrte Stimmen flogen wie Glasscherben durch ihre Erinnerung, und dann spürte sie große Hände, die über ihre nackte Haut streiften.

Viola riss ihre Augen auf und blickte an sich hinab. Das Wasser war vom Blut hellrot verfärbt und schlängelte sich zwischen ihren Zehen in Richtung Abfluss. Hektisch begann sie, mit dem Waschlappen ihre Haut zu schrubben, bis sie anfing, weh zu tun. Sie rieb sich über das Gesicht, den Hals, die Arme und bearbeitete ihre Oberschenkel, bis das Duschgel aus dem Waschlappen ausgewrungen war. Doch der Ekel blieb.

Viola begann zu weinen. Sie wollte, dass das Gefühl aufhörte. Sie wollte, dass Theobald aus ihrem Kopf verschwand, dass er ihr Leben endlich in Ruhe ließ. Sie hatte sein Lachen und sein Stöhnen immer noch in den Ohren. Es hörte einfach nicht auf! Seit vielen Jahren nun war er immer bei ihr.

Und sie erinnerte sich an Lina, *deren* Theo auch nicht aus *ihrem* Leben verschwinden wollte.

Viola schluchzte laut und sank in die Knie. Sie legte ihre Arme schützend um ihre Beine und ignorierte, dass das Wasser in ihre Ohren drang und den Augen brannte. Sie überfiel der Wunsch, einfach nur wieder in den Schutz der Gebärmutter zurückkriechen zu können. Zurück in eine Welt, in der noch alles in Ordnung war.

Ich muss stark sein. Lina! Sie braucht meine Hilfe, und wenn sie anruft … Ich muss für sie da sein.

Viola atmete durch und blickte in den mittlerweile dichten Wasserdampf. Er hatte etwas Beruhigendes, so kämpfte sich Viola zurück auf die Beine und stand aufrecht.

Ein letztes Mal seifte sie sich ein und wusch ihre Haut ab, konzentriert darauf, mit ihren Gedanken nicht wieder abzudriften. Sie wollte Theobald keine Chance mehr geben. Nicht heute!

Als sie fertig war, stieg sie aus der Duschwanne und trocknete sich ab. Ein wohliges Gefühl der Frische schenkte Viola neuen Mut. Sie nahm sich gewaschene Kleidung und schlüpfte in sie hinein. Anschließend griff sie das Smartphone, säuberte es mit dem Handtuch und betrachtete Linas Nummer.

Wer bist du, und warum kennst du mich? Wem gehört das Handy? Wie kam es in mein Bett?

Kopfschüttelnd öffnete sie die Foto-App, während ihre Gedanken immer wieder zu Lina wanderten und sie sich fragte, was das Mädchen in diesen Minuten durchleben musste.

Viola erschrak.

Ihr Daumen verharrte über dem ersten Bild.

Darauf war sie zu sehen – mit einem fremden Mann.

Er hatte braune Haare, einen kleinen Bart und eine markante Nase. Am Hals prangte ein tätowiertes Schwert. Seine Hand lag auf ihrer Schulter, während sein Lächeln Viola abschreckte.

Wer in Gottes Namen bist du, und wieso bin ich mit dir auf diesem Handy?

Violas Gehirn durchzuckten Stromschläge.

Das war wieder ein solcher Moment, in dem Viola ihr Leben verfluchte, und auch der Grund, warum sie jeden ihrer Bekanntschaften haargenau notierte und dokumentierte.

»Wer bist du?«, raunte Viola, schloss die Bilder-App und öffnete den Nachrichten-Chat. Sie wurde fündig: Der Textverlauf war vom Vortag und kurz. Sehr kurz. Da stand: *Schreib mir einfach, wenn du die Adresse nicht findest, dann helfe ich dir. Ich freue mich auf den Abend! Gerold.*

Der Text war an ihre Nummer verschickt worden.

Gerade als sie das Telefon wieder auf die Kommode legen wollte, begann es, in ihrer Hand zu vibrieren, und der Klingelton hallte durch den Raum.

Lina!

Viola nahm das Gespräch direkt an, ohne auf das Display zu schauen.

»Geht es dir gut? Was hat er getan? Wo bist du?«

Als Antwort hörte Viola ein Weinen. Die Verbindung war schlecht, und es rauschte, während Lina sprach: »Kannst du vorbeikommen? Ich brauche dich. Ich habe nur dich.«

Viola schrie regelrecht: »Wohin? Wo muss ich hinkommen?«

»Ich weiß nicht … Ich weiß nicht, wie die Straße heißt. Es ist die Nummer Sieben. Ein rosa Haus, mit einer braunen Tür.«

Viola überlegte. *Ein rosa Haus, mit einer braunen Tür. Es gab viele Häuser dieser Art. Und wo in dieser gottverdammten Stadt?*

»Lina, wie ist dein Nachname? Und was gibt es bei dir in der Nähe? Ein Geschäft?«

»Mama war mal mit mir im Kino. Ich wohne direkt daneben.«

Das waren Linas letzte Worte. Sie hatte aufgelegt.

Viola musste sich zwingen, weiterzuatmen.

Mit den wenigen Informationen musste sie sich zufriedengeben. Sie schaute auf den Akku und sah, dass er noch zur Hälfte voll war.

»Das wird reichen«, sagte sie, hechtete ins Schlafzimmer und kramte ein paar Sneaker aus ihrem Schrank. Dann packte sie den Schlüssel und schlug die Haustür hinter sich zu.

Viola wusste, dass es nur ein Kino in ihrem Ort gab. Jetzt betete sie darum, dass es auch die richtige Stadt war.

Der Wind spielte sanft mit ihren Haarsträhnen, die noch nass vom Duschen waren. Zum Glück war es Frühling, und die Temperaturen waren inzwischen angenehm. Die Sonne ließ die Welt nach der tristen und langen Winterzeit aufatmen. Bald würden die Menschen wieder unter der Hitze des Sommers leiden und sich wünschen, dass es wieder kühler werden würde. Nicht so Viola. Sie war ein Sonnenkind.

Wenn nur nicht Lina wäre, die in ihrem eigenen Albtraum gefangen war.

Violas Herz machte einen Satz. Nur noch um die Ecke, dann war sie am Kino angekommen. Sie hoffte, dass sie dort ein Haus vorfinden würde, das den Beschreibungen Linas entsprach. Ansonsten …

Die Enttäuschung wich sofort nackter Verzweiflung. Links und rechts vom Kino gab es Häuser. Keines von ihnen war rosa, und alle hatten eine braune Tür. Doch da war eine Hausnummer sieben.

Langsam näherte sich Viola den Namensschildern und erkannte, dass es sich um fünf Mietparteien handelte. Sofort suchte sie einen Vornamen, der mit einem »T« abgekürzt wurde. Doch ohne Erfolg. Auf einem Schild war der Name nicht lesbar. Es war die Wohnung im obersten Stock.

Kurz entschlossen drückte sie die unterste Klingel.

Als daraufhin niemand reagierte, entschied sie sich für die nächste. Es dauerte eine Weile, bis es in der Sprechanlage knackte und eine Frauenstimme ertönte.

»Ja, bitte?«

Es musste sich um eine alte Dame handeln. Ihre Stimme war brüchig, und der Weg zur Tür ihrer Wohnung musste sie große Mühe gekostet haben.

»Entschuldigen Sie, aber wohnt hier im Haus ein kleines Mädchen?«

Viola wurde sich bewusst, dass sie unseriös wirken musste, und rechnete damit, dass die alte Frau sie wieder wegschickte, ohne ihr eine vernünftige Antwort zu geben.

»Ah, Sie meinen bestimmt die kleine Emely Henken, direkt über mir.«

Es summte in der Sprechanlage, als die alte Dame ihr Einlass gewährte.

Es war nicht die gesuchte Familie. Es war nicht das gesuchte Mädchen – nicht Lina!

Doch Viola zögerte keine weitere Sekunde und drückte die Tür auf. Der Flur lag kühl und dunkel vor ihr. Das Haus war ein Altbau, in dem eine hölzerne Treppe nach oben führte. Dort hörte Viola, wie eine Tür ins Schloss fiel. Es musste die alte Dame gewesen sein, mit der sie soeben gesprochen hatte. Für wenige Sekunden blieb sie stehen und lauschte, ob sie etwas Verdächtiges vernahm. Entferntes Babygeschrei ließ darauf deuten, dass im Haus eine junge Familie wohnte. Der moderige

Geruch lag offensichtlich daran, dass die Wände im Flur schon lange keinen neuen Anstrich mehr bekommen hatten. An manchen Stellen blätterte sogar die Farbe ab. Etwas stimmte jedoch nicht und legte sich alarmierend auf Violas Wahrnehmung. Es waren die Wände. Sie waren rosa.

Viola hatte eine Idee. Sie griff nach ihrem Handy und tippte auf die Wahlwiederholung. Ohne weiter darüber nachzudenken, drückte sie Linas Nummer und wartete auf das Freizeichen. Sie *musste* es tun, wenn sie ihr helfen wollte. Sie musste wissen, in welcher Wohnung das Mädchen lebte. Sie hoffte, dass sie bei ihrem Anruf hinter einer der Türen ein Klingeln hören würde.

Doch dann wechselte das Gefühl der Hoffnung in kalte Ernüchterung. Da das Telefon keinen Ton von sich gab, ließ Viola ihren Blick auf das Display schweifen. Und was sie dort lesen musste, vernichtete den Glauben an ihren Verstand: *Nicht im Netz registriert.* Sie wählte erneut die Nummer, doch wieder wurde sie als nicht im Netz registriert angegeben.

So blieb ihr nur eine letzte Wahl.

Sie trat an die erste Tür heran und klopfte. Obwohl bisher keiner auf ihr Klingeln reagiert hatte, hoffte sie, dass ihr jemand die Tür öffnen würde. Sie klopfte ein zweites Mal und legte ihr Ohr an das Holz, gespannt darauf, ob sie nicht doch ein Lebenszeichen dahinter hören konnte. Nichts.

Ohne zu warten, eilte Viola die Treppe hoch, direkt

in den dritten Stock, in dem das Babygeschrei lauter wurde. Sie hielt ihre Faust an die Tür. Im gleichen Moment ging diese auf, und eine junge Blondine erschien.

»Oh, entschuldigen Sie, es war nicht meine Absicht, Sie zu erschrecken. Ich war gerade auf dem Weg zu meinem Einkauf. Sie wollten zu mir, kann ich Ihnen helfen?«

Viola war perplex und wusste nicht, was sie sagen sollte.

»Ehm, ja … Kennen Sie eine Lina? Ein kleines Mädchen, so um die acht Jahre alt«, brachte sie hervor und versuchte, einen gelassenen Eindruck zu machen.

»Lina? Nein, also wir haben keine Lina. Und ganz ehrlich? Wir wohnen erst seit zwei Wochen hier, und wenn Sie mich fragen … Frau Sens, die alte Dame im zweiten Stock, weiß alles. Fragen Sie sie doch mal.«

»Okay, danke, werde ich machen«, antwortete Viola und machte der Blondine Platz, die sich entschuldigte und sich an ihr vorbeiquetschte. Sie ging schnellen Schrittes die Treppe hinab, und kurz darauf hörte Viola, wie die Haupteingangstür ins Schloss fiel.

»Okay, dann weiter«, hauchte sie und ging die Treppe zum vierten Stock hinauf. Die Sonnenstrahlen, die dort durch ein Fenster im Flur schienen, warfen ein goldenes Muster auf die Tür. Bevor Viola anklopfte, atmete sie tief durch.

Nach wenigen Sekunden öffnete sich die Tür, und ein alter Mann stand vor ihr. Er hatte eine Zigarette im

Mund und war nur mit einem Unterhemd und einer Jogginghose bekleidet. Dichte weiße Haare quollen unter dem Feinripp hervor.

»Was wollen Sie?«

»Es tut mir leid für die Störung. Aber kennen Sie ein Mädchen namens Lina?«

»Wen?«

Der Alte nahm die Zigarette aus seinem Mund, kniff die Augen zusammen und zog eine Fratze.

»Kommen Sie mir nicht mit Blagen. Mit denen habe ich nix am Hut. Fragen Sie mal die jungen Dinger unter mir, die haben welche. Vielleicht werden Sie da fündig. Aber bei mir sind Sie da an der falschen Adresse.«

Rums. Die Tür fiel ins Schloss.

Viola war sprachlos und zunächst nicht in der Lage, sich zu bewegen. Sie hatte immer noch den Zigarettenqualm in ihrer Nase, als sie sich abwandte und den fünften Stock betrat. Schon auf den letzten Stufen kam ihr ein süßlicher Geruch entgegen, der Viola an etwas erinnerte. Das Holz knarrte unter ihren Füßen, und als sie oben angekommen war, fiel ihr Blick auf eine Tür. Sie hob die Hand und klopfte, als sie merkte, dass sie sich langsam aufschob.

Der Raum lag durch die zur Hälfte heruntergelassenen Jalousien im Halbdunkel. Viola lauschte, ob sie alleine in der Wohnung war.

»Hallo, ist hier jemand?«

Sie rief sich das Türschild ins Gedächtnis, auf dem der Name des Anwohners nicht zu entziffern gewesen war. Sie wusste weder, ob hier ein Mann oder eine Frau wohnte – oder ob hier überhaupt jemand lebte.

Sie trat ins Zimmer ein, mit einem verunsicherten Blick über die Schulter, denn sie war sich bewusst, dass das, was sie machte, verboten war. Doch die Neugierde war zu groß.

»Hallo?«, rief sie erneut.

Der süßliche Geruch wurde intensiver, und der rot gemusterte Teppich unter ihren Füßen erlaubte es ihr, sich lautlos fortzubewegen.

Hinter ihr fiel die Tür ins Schloss. Viola fuhr herum.

»Ich dachte, ich hätte dich gewarnt. Du solltest nicht hierherkommen.«

Sie stand einem jungen Mann gegenüber, der neben der Tür an die Wand gelehnt war.

»Nun, jetzt ist es zu spät. Sieh dich als Willkommen an. Magst du was trinken?«

Viola spürte, wie ihr Herzschlag wieder einsetzte, und blinzelte. Woher kannte sie diesen Mann? Es war offensichtlich, dass sie ihm nicht fremd war. Doch sein Gesicht sagte Viola nichts. Sie hatte es noch nie zuvor gesehen. Im Geiste ging sie ihre Kontaktliste durch, die Zuhause wohlbehütet in ihrer Schublade lag.

»Entschuldigung, ich bin Arno.«

Er hielt ihr seine Hand entgegen, aber Viola war nicht in der Lage sie zu ergreifen. Sie blickte auf die schmalen

Finger, die ihr nicht unsympathisch waren. Und irgendwie kam ihr sein Name doch bekannt vor. *Arno …*

»Macht ja nichts. Komm einfach rein, es ist ja jetzt eh zu spät. Du wirst nicht drum herumkommen, mehr zu erfahren.«

Arno ging an ihr vorbei und verschwand im angrenzenden Raum. Viola war sich unsicher, ob sie ihm folgen sollte. Eigentlich war sie hier, um nach Lina zu suchen. Sie fasste sich ein Herz und rief: »Entschuldigen Sie, aber ich bin auf der Suche nach einem Mädchen. Vielleicht können Sie mir helfen. Sie heißt Lina.«

Arno streckte seinen Kopf aus der Tür und zuckte mit den Schultern. Dann winkte er Viola zu sich.

Viola war sich bewusst, dass das nicht ungefährlich war. Sie wäre nicht die Erste, die in einer fremden Wohnung vergewaltigt werden würde und womöglich danach ermordet. Sie war im Begriff umzukehren und aus der Wohnung zu flüchten, als Arno sagte: »Ich glaube, es ist wichtig. Keine Angst, ich werde dir nichts tun. Wenn es dir lieber ist, werde ich mich dir nicht nähern.«

Arnos Gesicht nahm einen traurigen Ausdruck an.

»Komm, und sieh es dir an. Es wird Zeit«, sagte er leise.

Viola atmete gleichmäßig ein und aus. Sie ging auf den Türrahmen zu, während sich ein weiterer Geruch in ihre Nase schlich. Er war metallisch.

Als sie in das Zimmer schaute, wurde Viola schwindelig.

In der Mitte des Raumes stand ein Bett. Das Laken war zerwühlt und die Person, die darin lag, bewegungslos. Das wenige Licht, das durch das Fenster schien, ließ erkennen, dass es sich um einen leicht übergewichtigen Mann handelte, dessen Gesicht zur Seite geneigt war.

Arno stellte sich neben das Bett und verschränkte seine Arme ineinander. Zuerst schaute er schweigend zu Viola und dann auf den Boden.

Viola trat unsicher von einem Fuß auf den anderen und bewegte ihre Lippen, als wollte sie etwas sagen. Doch kein Wort kam aus ihr heraus. Nervös spielte sie mit ihren Fingern und zupfte sich an ihrer Bluse.

Er ist mit Händen und Füßen ans Bett gefesselt, erkannte Viola und konnte gerade noch verhindern, laut auszusprechen, was sie umtrieb: *Warum?*

Als sich ihre Augen an das Bild gewöhnt hatten, fiel ihr ein entscheidendes, aber grausames Detail auf. Der Mann lag in einer Blutlache.

»Nur keine falsche Scheu«, sagte eine Frauenstimme hinter Viola, die sich mit einer starren Bewegung umdrehte.

Eine hagere Dunkelhaarige saß mit hochgezogenen Beinen auf einem altmodischen Sessel. Sie war mit einer Jeans und einem BH bekleidet und hielt einen Joint in ihrer zitternden Hand. Sie grinste und deutete auf das Bett.

»Arno hat es für dich getan. Zum Glück war er da, sonst hätte alles Mögliche passieren können. Er ist wirklich dein bester Freund und Beschützer. Traurig, dass du ihn vergessen hast. Ich bin übrigens Rebecca. Ich hoffe, du erinnerst dich.«

Wieder wurden Violas Gedanken dumpf, und eisige Kälte stieg ihr den Nacken hoch. Rebecca … Ja, sie wusste genau, wer sie war. Sie erinnerte sich. Rebecca – die Frau, die sie nie sein wollte, aber dennoch war. Hin und wieder.

Viola keuchte und biss sich auf ihre Lippen, bis sie das Blut schmecken konnte. Sie schlug die Hände vor ihr Gesicht.

»Das kann nicht sein. Nein, es ist unmöglich«, flüsterte sie und trieb ihre Fingernägel in die Kopfhaut. Mit all ihrer Kraft versuchte sie, wieder in die Realität zurückzukommen. Aber die Realität – war sie nicht so, wie sie sie jetzt vor Augen hatte?

Ich habe Skills. Sie funktionieren immer. Warum nicht jetzt?

»Ich glaube, hier möchte dich jemand sehen«, sagte Arno ruhig. Viola wandte sich zu ihm um.

Neben Arno öffnete sich langsam eine Tür.

Ein kleines Mädchen in einem roten Kleid und mit einem Teddy im Arm schob sich durch den Türspalt.

»Ist er tot?«, fragte es und schaute mit seinen großen ungläubigen Augen zu Viola auf.

Viola blickte desillusioniert zu dem Mann im Bett und dann wieder zu dem kleinen Mädchen.

»Lina?«

Violas Worte waren fast geflüstert.

Das Mädchen nickte kaum merklich.

Die Welt um Viola begann, sich langsamer zu drehen. Sie schloss ihre Augen und sah eine blühende Wiese vor sich, auf der bunte Schmetterlinge auf und ab schwebten. Lauer Sommerwind umspielte ihre Gesichtszüge, und sie spürte, dass sie nicht allein war. Es war ihre Freundin und zeitgleich ihre engste Vertraute. Sie traf sich mit ihr auf dieser Lichtung immer dann, wenn es ihr besonders schlecht ging. Ihre Freundin nahm jedes Mal, wenn es geschah, den Schmerz, den sie hatte, auf sich. Damit sie ihn nicht mehr ertragen musste. Viola blickte zur Seite und sah, wie das Mädchen in seinem roten Kleid ihr zulächelte und ihr die Hand reichte. Sie wollte sie gerade ergreifen, da bemerkte sie den Schatten, der über ihr schwebte und ihr das Mädchen entriss.

Lina … Sie war weg.

Viola machte träge ihre Augen auf, als sie spürte, wie ein stechender Schmerz in ihrem Unterleib sein Unwesen trieb. Gebeugt hielt sie sich ihre Hände an den Bauch. Galle kam ihr hoch, die sie auf den Boden spuckte.

Mit Mühe richtete sie sich auf, rechnete damit, in Ohnmacht zu fallen. Hilfe suchend wollte sie sich an Arno wenden, doch er war verschwunden. Viola drehte sich um, doch auch Rebecca war nicht mehr da. Als sie sich an Lina wandte, kam diese langsam auf sie zu und blieb einen halben Meter vor ihr stehen.

»Ihr habt mir alle sehr geholfen. Danke«, sagte Lina und lächelte.

»Lina, wo sind deine Eltern? Lass mich dich zu deiner Mama bringen,« brachte Viola mühsam hervor.

»Meine Eltern interessiert es nicht, wo ich bin. Ich bin hier sicher«, sagte sie und wies mit ihrem kleinen Finger auf Violas Brust.

Viola spürte ihr Herz schlagen. Es kostete es große Anstrengung, nicht zu versagen.

»Wer ist dieser Mann, der dort liegt? Hat … Hat er dir weh getan?«, fragte Viola und riss sich zusammen, um wieder gerade stehen zu können.

Lina schaute mit ihren großen Augen zu dem Bett, neigte den Kopf und schloss ihre Ärmchen fest um den Teddy.

Viola ging auf das Bett zu. Bei jedem Schritt näherte sich ihr die Erinnerung. Der Chat. Die Vorfreude. Das gemeinsame Essen. Und dann?

Sie schaute sich das Gesicht des mit Blut überströmten Mannes genauer an. Sie konnte erkennen, dass er einen Bart trug, eine rot verkrustete markante Nase zeigte auf sie, als würde sie Viola verhöhnen. Und als Viola sich niederbeugte, erkannte sie das Schwert, das an seinem Hals tätowiert war.

Gerold.

Viola hielt die Luft an und schnellte zu Lina herum. Doch das Mädchen war weg.

Es war verschwunden, und nie da gewesen. Wie all die anderen. Sie waren alle nur … in ihrem Kopf.

Viola blickte auf ihre Hände. Sie waren sauber, doch es klebte Blut an ihnen.

Es ist an der Zeit, meine Therapeutin anzurufen.